Neuf micronouvelles chinoises

九篇短篇小说·中国

Du Pinceau à la Tablette
从毛笔到平板电脑

Neuf micronouvelles chinoises
九篇短篇小说 · 中国

Ouvrage collectif 2021-2023, réalisé dans le cadre de
l'atelier d'écriture d'« Atlantique Nantes Chine »

集体创作作品集
2021-2023
大西洋南特 · 中国协会写作班优选作品

Couverture et mise en page
© 2023 Atlantique Nantes Chine

Édition : BoD – Books on Demand, info@bod.fr
Impression : BoD – *Books on Demand*, In de Tarpen 42,
Norderstedt (Allemagne)

Impression à la demande

ISBN : 978-2-3224-8741-7

Dépôt légal : Août 2023

Sommaire

目录

Préface

Charlotte Dollinger
Présidente d'Atlantique Nantes Chine

À l'été 2022, Atlantique Nantes Chine publiait le recueil de micronouvelles chinoises écrit par l'atelier « Du pinceau à la tablette… ». Il rassemblait de courtes histoires en relation avec ce que leurs auteurs percevaient de la Chine ou de leurs relations avec les Chinois. Leurs nouvelles se situaient aussi bien en Chine que dans le quartier du Bouffay, lieu d'implantation historique des arrivants chinois à Nantes.

Après les avoir lues, FANG Yijun, professeur de chinois à l'association, se proposa d'en traduire cinq en chinois. De fil en aiguille quatre autres nouvelles, dont trois écrites en 2023, ont été traduites par d'autres professeurs (*). C'est ce travail collectif et bilingue que nous avons le plaisir d'éditer à l'orée de l'été 2023.

Puissent ces neuf nouvelles vous plonger dans une lecture distrayante et dépaysante.

(*) ZHOU Huaying, HAZARD Aude, GUO Yanna et YIN Wei

前言

夏朵
大西洋南特 · 中国协会会长

2022 年夏，大西洋南特 · 中国协会的《从毛笔到平板电脑……》写作班出版了一本短篇小说合集。合集里所收集的短篇小说，或关乎作者对中国的看法，或关乎他们与中国人之间的故事。而这些故事，既发生在中国，也发生在布菲街区——一个华人最初在该市站稳脚跟的历史性地点。

协会的汉语教师方乙珺读完后，主动提出将其中五篇翻译成中文。牵一而引发其他，另外四篇短篇小说（其中三篇写于 2023 年）则由其他老师翻译(*)。我们很高兴本集体双语作品能在 2023 年夏初出版。

愿这九篇短篇小说让您沉浸在有趣而充满异国情调的阅读中。

(*) 周婳颖、欧阳百合、郭彦娜 和 尹伟

LA VENGEANCE DES CONDAMNÉS

Bernard Conseil

L'année du cochon allait se terminer dans cette ville centrale de la Chine. Il faisait encore nuit.

- C'est insupportable, ce matin je me retrouve derrière les barreaux, alors qu'hier je vaquais en liberté dans mon domaine avec mes comparses.
- Moi, trop appâté par le gain, je me suis retrouvé pris au piège.
- Quant à moi, je me dorais au soleil, quand je me suis fait cueillir.
- En tout cas, on n'est pas les seuls, constate un quatrième. Regardez ceux-là, ils sont derrière une vitre et on n'entend pas ce qu'ils se disent !

Soudain, ils voient un homme arriver avec une épuisette et capturer un poisson dans l'aquarium. Ce dernier se débat, puis finit par se calmer.

- C'est horrible, il l'a tué, mais pourquoi ?

C'est alors qu'intervient une poule, elle aussi en cage.

被谴责者的复仇

作者：伯纳德·康塞尔

翻译：方乙珺

猪年眼见着要在这座中国中部的城市结束了。天仍黑着。

"这太让人难以忍受了，从今天早上起，我就被困在栅栏里，可昨天呢，昨天我还自由自在地游荡在自己的地盘上！"

"我呢，也怪嘴太馋了，我发现自己掉进了陷阱里！"

"我呀，被带走的时候，我在太阳底下正睡着觉呢！

"不管怎么说，我们都不是唯一倒霉的"，此时，第四个声音说道："你看看它们，它们都在玻璃后面，我们根本听不见它们在说什么！"

突然，它们看到有个人影走了进来。只见他拿着渔网从水族箱里捞走了一条鱼。鱼挣扎了会儿，然后就安静了下来。

"太恐怖了，他把它杀了，凭什么？"

此时，一只母鸡忍不住叫道。它也在笼子里。

- Oui, c'est comme dans la nature. Il y a des animaux, tel le tigre, qui vous mangent, alors que d'autres comme toi mangent des bananes. Les hommes c'est pareil, ils mangent des animaux.
- T'es sûr de ce que tu avances ?
- Bien sûr, je l'ai vu à la ferme où je vivais avant d'être emportée à ce marché. Seulement, les hommes ne mangent pas les animaux crus (sauf les huîtres à Paris pour Noël et le jour de l'An). Ils les font cuire ou griller, et quand ils sont trop gros comme toi par exemple, ils les découpent en morceaux comme dans ce marché.
- Mais c'est horrible, s'exclame le singe. Nous allons tous mourir et finir cuisinés. J'aurais préféré être dévoré par un tigre, cela aurait été rapide. L'attente est un supplice interminable.

Un autre animal sauvage encagé réagit.

- Toi la poule, tu parles de ferme, c'est quoi ?
- C'est un endroit où l'homme nourrit des animaux, soit pour les manger, soit pour les faire travailler, comme Niu, mon ami le buffle qui arpente à longueur de journée les rizières. Les hommes ne mangent pas que des animaux, ils se nourrissent aussi de céréales, de légumes, de fruits...
- Ils sont omnivores comme moi, commente un cochon, mais moi je ne tue pas !
- Ils font comme les fourmis qui élèvent des pucerons, commente un fin connaisseur de la nature.

"对，你瞧，这就像在大自然里。有些动物，比如说，老虎，它会吃你，但是，其他的呢，就好像你爱吃香蕉。人类也一样，他们吃动物。"

"你知道你在说什么吗？"

"当然，在我被抓到这个市场之前，我是在我生活的农场里亲眼看到的。 只不过，人类不吃生的动物，除了圣诞节或元旦时的牡蛎。他们会把动物煮熟，或者烤熟，又或者，碰到像跟你我一样胖的动物的话，他们就干脆把它们在市场里切成块啦！"

"可是，这也太恐怖了吧！猴子惊呼道。我们都会死掉，而且是被吃掉。我情愿被老虎一口吃掉，这样死得快点儿。等待简直就是没有尽头的痛苦！"

另一只在被锁在笼子里的野生动物也加入了讨论。

"哎，母鸡，你说到农场，那是什么东西？"

-"噢，那就是人类喂养动物的地方，要不，是为了吃它们，要不，是为了让动物替他们干活。比如说，牛，我的兄弟水牛就一整天耗在稻田里。人类可不止吃动物，他们还吃杂各种谷物、蔬菜、水果……"

"他们就是杂食性动物，跟我一样"，猪评论道，"可是，我可不杀生！"

"他们就好像蚂蚁饲养蚜虫，是大自然最细致的知情者。"

Un autre ajoute sur le ton de la colère :

- C'est un scandale, ils ne se contentent pas seulement de leurs animaux d'élevage, ils s'en prennent aussi à nous qui vivons en liberté dans la nature.
- Les hommes envahissent tous nos territoires, ils coupent des arbres, défrichent et pire, creusent de grands trous pour aller chercher je ne sais quoi dans le sol.
- Et même, renchérit un autre, ils nous amènent des maladies.
- T'en es bien certain, ou t'exagères pour enfoncer nos ennemis ?
- Oui, oui, je l'ai entendu sur nos réseaux sociaux. Et peut-être même que nous, on pourrait se venger et leur refiler nos maladies.

Puis après un moment, il ajoute à l'adresse de son voisin :

- Et toi, le pangolin, t'en penses quoi ?

另一个充满愤怒的声音加了进来：

"这简直就是个大丑闻，他们不仅不满足于只吃他们圈养的动物，他们还从大自然里把我们抓回去。"

"人类侵犯了我们的领地，他们砍掉大树，肢解大地，最离谱的是，他们还在往地里钻洞，我都不晓得他们要找什么。"

"而且，他们还给我们带来了病毒。"一个新的声音补充道。

"你确定吗，你这是夸大了我们的敌人吧？"

"没错，没错，我是在社交网站上看到的。或许我们也可以给他们传个病毒，正好给自己报个仇。"

片刻之后，这个声音转向它的邻居，问道：

"你怎么看，穿山甲？"

SAVEURS D'ENFANCE

Claudine Ricaud

Comme tous les matins, bien avant le lever du jour, Cheng ouvre son restaurant. Le grincement du rideau de fer déchire le silence de la rue. Une fois entré, Cheng regarde les arbres chétifs qu'éclairent les rares lumières des appartements voisins. Dehors personne. Pas un bruit. Le froid de la nuit dernière semble avoir découragé toute présence humaine ou animale. Cheng aime ce temps suspendu avant le brouhaha de la rue qui va s'amplifier et augurer de l'arrivée de ses clients.

Quelques heures plus tard il guette le bruit familier d'un vélo sur la route. Il peut reconnaître entre mille le grincement de cette vieille mécanique mal huilée. Pourtant de tout cela émerge un chant harmonieux aux oreilles de Cheng qui l'entend enfin. Dans l'encadrement de la porte apparaît le visage rieur d'un enfant au-dessus d'un vieux vélo bleu. Cheng se lève et se dirige rapidement vers lui. Le bonheur de voir Xiao Huang illumine son visage.

童年的味道

作者：克洛汀娜·里克

翻译：方乙珺

像平日一样，在天亮起来之前的每个清晨，程就开了饭店的门。铁窗帘的嘎吱声刺破了街头的寂静。进门后，程看着被附近公寓的灯光所照亮的矮树。外面，寥落无人。没有一丁点儿声音。昨夜的清寒似乎打消了人或动物现身的念头。程很喜欢这段在街头的喧嚣开始前的安静，它似乎预示了随后客人们的到来。

数小时后，他听到路面上传来熟悉的自行车声。他能从上千种声音中辨别出这辆缺油的自行车的嘎吱声。然而，随着这阵嘎吱声过后，更悦耳的歌声飘进程的的耳朵里。在两扇门之间，一辆老旧的蓝色自行车上，一张孩子笑脸出现了。程站起来，快步走到孩子身边，看到小黄的幸福感让他整张脸都亮了起来。

Xiao Huang passe tous les jours au restaurant de son oncle avant d'aller à l'école. Après l'avoir salué, il repart ensuite rapidement non sans avoir préalablement mangé quelques boulettes de porc braisé au gingembre. La journée est belle. Après sa toilette, Xiao Huang se prépare à la hâte et le voilà parti enfin sur son vélo. D'un cœur léger il traverse le faubourg attenant à son habitation. Après être passé au restaurant, il aperçoit au bout de la rue la silhouette de Meili qui l'attend en souriant pour se rendre avec lui à l'école. Ils discutent beaucoup, partageant pareillement petits tracas ou bonheurs de tous les jours.

Les années ont passé. Meili et Xiao Huang se sont mariés. Pour leur mariage ils se sont retrouvés avec leurs familles dans le restaurant de son oncle qui avait consenti à faire ses boulettes de porc braisé accompagnées de sa sauce délicate au gingembre qu'adorait Xiao Huang.

Aujourd'hui le restaurant est fermé. Cheng est décédé depuis quelques années. Meili et Xiao Huang ont déménagé bien loin de la ville de leur enfance et se sont installés, avec leur jeune enfant, dans le quotidien douillet d'une nouvelle vie. Le travail de Xiao Huang l'accapare beaucoup et il s'aperçoit que son fils est déjà devenu adulte. À ce regret de n'avoir pas vu les années filer, une lassitude de plus en plus pesante l'accompagne désormais tous les jours.

每天，小黄在上学之前都要经过叔叔的饭店。通常，跟叔叔问过好，他会匆匆吃过几粒姜汁红烧肉丸，然后急急离开了。今天天气极好，小黄把自己收拾干净以后，就匆匆忙忙地骑着自行车离开了。他怀着轻松的心情穿过了住所附近的街区。路过饭店之后，在街的尽头处，他发现美丽正微笑着等他，好准备跟他一起去学校。他们总是有说不完的话，分享一些小烦恼，或日常里的小快乐。

　　时间一年年地过去了。美丽和小黄结了婚。他们的婚宴就在叔叔的饭店里举行，叔叔特意为小黄做了红烧肉丸，并特配了他最爱的姜汁。

　　如今，饭店早关了门。程也去世好几年了。美丽和小黄也带着他们的孩子，搬离了他们童年时生活过的城市，在新生活中安顿了下来。小黄的工作占据了他的大部分时间。一天，他才忽然意识到自己的儿子已经成年了。遗憾于没有察觉到时光的流逝，疲倦感日渐一日地包裹着他。

Un matin, alors qu'il marche d'un pas rapide pour rejoindre une réunion dans la ville voisine, il s'arrête brusquement devant un restaurant de rue. L'odeur d'un plat préparé ici l'a comme aimanté. Et lorsque, les paupières fermées, il croque enfin dans ces petites boulettes de viande braisée, une chaleur l'enveloppe et lui réchauffe le cœur. Il revoit le temps de son enfance qu'il avait pourtant cru oublié. Les rues bordées d'arbres, la grille en fer du petit restaurant, le fumet des plats qu'il sent bien avant la ruelle, le visage souriant de son oncle, la silhouette de Meili qui l'attend... Dans un flux puissant, les images et les sensations d'alors lui reviennent à chaque nouvelle bouchée. À ce moment précis il souhaite à son petit-fils de connaître pareils bonheurs de l'enfance, qui un jour pourraient lui réchauffer le cœur comme à lui aujourd'hui.

Ce n'est que des années plus tard que je croisai inopinément mon ancien voisin et camarade de classe Xiao Huang dans cette ville bien loin du lieu de notre enfance. Il avait changé, comme moi-même sûrement. Néanmoins je le reconnus au premier regard. Aussi surpris l'un et l'autre de nous retrouver de façon si inattendue, nous engageâmes pourtant instantanément la conversation. Comme pour moi, son fils maintenant marié avait eu à son tour un petit garçon. Un peu pressé, il m'invita toutefois à l'accompagner pour poursuivre notre discussion.

一天清晨，他快步走去参加去邻镇的一个会议。突然，他在一家饭店前停住了脚步。一道飘出来菜香味吸引住了他。他不由自主地闭上了眼睛，嘴里好像又吃上了那熟悉的姜汁红烧肉丸。一股暖流袭裹着他，涌上了他的心房。他好像又重新回到了他以为早已忘却了童年的时光中。绿树成荫的街道，小饭店的铁门，早在路口处就能闻到的香味，叔叔微笑的脸庞，美丽等待他时的身影……在他回味着每一口咀嚼时，昔日的画面和感觉全都涌上来了。在这一瞬间，他忽然希望有一天，他的孙子也可以体验到这样的童年幸福，如同今日，一道菜的飘香就温暖了他的心房。

　　然而，那是好些年以后，我才在这个远离我们长大的小镇上，偶然地碰见了我从前的邻居兼同学小黄。他变化很大。就像我一样。不过，我还是第一眼就认出了他来。我们都没想到会这般唐突地重逢，所以，我们马上热切地交谈了起来。跟我一样，他的儿子现在也结婚了，并有了一个儿子。尽管小黄有点儿赶路，他还是邀请我陪他走上一段，再多聊一会儿。

Après quelques minutes de marche il entra dans un petit restaurant. Quelle ne fut pas ma surprise de le découvrir s'affairer en cuisine! Il me confia avoir abandonné son précédent travail des années plus tôt pour reprendre ce restaurant. Il m'invita ensuite à partager avec lui un repas ce que j'acceptai de bon cœur. Alors que nous évoquions nos souvenirs communs, il s'arrêta brusquement de discuter, une oreille tendue vers les bruits de la ruelle. Après quelques instants, comme répondant à un signal muet, il se dirigea vers la porte et accueillit en souriant un jeune garçon sur son vélo, son petit-fils Xiao Cheng, qui venait le saluer avant d'aller à l'école comme chaque jour, et manger au passage quelques boulettes de porc braisé… au gingembre!

共行了几分钟后，他走进了一家小饭店。我惊讶地发现，他开始在厨房里忙碌起来！他告诉我，早几年以前，他就放弃了之前的工作，重新开起了饭店。随后，他邀请我一起吃饭。我愉快地答应了。我们聊起了共同的回忆。蓦然，他停止了说话，侧耳听着街面上传来的声音。不一会儿，就好像接收到了一个无声的暗语，他走到门口，笑脸迎接着一个骑在自行车上的男孩：那正是他的孙子小程，跟往常一样，他每天在去学校之前，都要路过爷爷的饭店，匆匆吃上几粒红烧姜汁肉丸！

LE POUVOIR DES MOTS

Yveline Canal

Maman et moi nous avons fait un long voyage, en train, en autobus et à pied. Quand nous arrivons chez grand-père, il nous attend sur le chemin. Maman le suit dans la maison, j'attends à la porte, au soleil. Maman lui donne une liasse de billets et le grand sac à provisions. Puis elle sort, s'agenouille et me dit d'être sage, elle reviendra me chercher. Je ne pleure pas, elle me donne le foulard de soie qui entoure son cou. Je la vois partir sur le seul chemin de ce petit village. Ma gorge se serre, mes yeux se plissent, les larmes coulent. Je pénètre dans la maison de grand-père. C'est sombre, le sol est en terre battue et le mobilier sommaire, un grand lit, un coffre, un buffet et un poêle. Grand-père ne me parle pas, il range les provisions dans le placard. Moi je m'accroche à mon sac à dos et à mon foulard, je suis fatiguée et mes parents me manquent.

Grand-père a des poules et un coq, ce dernier me fait très peur. Hier j'ai voulu ramasser les œufs, il m'a poursuivie en me picorant les mollets. Les poules se sont sauvées du poulailler, grand-père a ri.

Aujourd'hui, il m'a emmenée à la rivière. Il y a beaucoup d'enfants dans ce village, surtout des filles. Comme moi, elles vivent loin de leurs parents, avec des grands-parents, des oncles

字的魔力

作者：伊芙琳·卡纳尔

翻译：方乙珺

　　我和妈妈经历了一段很长的旅途，坐火车、大巴，然后走路。到达爷爷家的时候，他正在路边等着我们。妈妈随他进了屋子，我站在太阳底下，在门边上等着。只见妈妈给了他一沓钞票和一个大购物袋子，然后，她走了出来，半蹲下来，对我说，要听话，她会回来接我的。我没有哭。妈妈把绕在脖子上的丝巾给了我。我看着她走上了这村子的唯一一条小道。我的喉咙发紧，眼眶发热，我的眼泪涌了上来。我走进了爷爷的屋子。里面黑乎乎的。水泥地板。一张大床、一个橱柜、一个储物柜、还有一个炉子。爷爷没有跟我说话。他把购物袋放进了柜子里。我紧紧靠着自己的背包、丝巾。我累了。我想我的父母。

　　爷爷有好几只母亲和一只公鸡。公鸡让我感到害怕。昨天，我去捡鸡蛋的时候，公鸡追着我啄我的小腿。爷爷看得直乐：栅栏里的母鸡这回得救了。

　　今天，他带我来到了河边上。村里还有好多孩子，但大部分是女孩子。跟我一样，她们远离自己的父母，跟外公、外婆，或者舅舅、舅妈生活在一起。美琳是我的朋友，她比我大。

ou tantes. Mayling est mon amie, elle est plus grande que moi, elle m'explique : « Tu es là car tes parents veulent faire un petit frère. »

Grand-père m'apprend à pêcher, à cueillir, à faire la cuisine et surtout il m'apprend à écrire et moi j'aime ça. Il y a des enfants qui vont à l'école, moi je n'ai pas le droit. Avec un bâton, dans le sable, je trace des idéogrammes.

L'autre jour, grand-père m'a rapporté de la ville un nouveau pantalon et surtout un pinceau et de l'encre. Depuis je n'arrête pas, je reproduis tous les signes que je découvre. Certaines fois, même les vieux du village ne connaissent pas leur signification.

Maman vient me voir, je ne me souvenais plus de son visage, juste son odeur. Elle a un petit bébé accroché à son dos. Elle me caresse les cheveux et pleure. Moi je préfère aller jouer avec Mayling. Maman repart.

Mon passe-temps préféré, juste après l'écriture est de faire voler le foulard de maman. Je m'imagine que je suis dessus et je vole. Dans le vent avec mon foulard je trace des signes : eau, montagne, arbre. L'autre jour, j'ai tracé le mot pluie, et il a plu ! Mayling a dit : « c'est une coïncidence ! » J'essaye avec d'autres mots. Je trace le mot vent et une petite tempête se lève.

Grand-père est malade, il tousse, il ne se lève plus. Je lui donne à boire de la soupe et il mange un peu de riz. Cette nuit, il avait froid, et ce matin il ne bouge plus, il m'a laissée. Une voisine m'a emmenée à la ville dans un orphelinat, je m'ennuie. On me demande de m'occuper des petites qui pleurent ou qui ne veulent plus manger.

她跟我说："你来这儿，是因为你的爸妈想要生一个男孩子。"

爷爷教会了我钓鱼、收割、做饭，特别是，他还教会了我写字。我太喜欢写字了！有些孩子可以去学校，但是我不可以。我用木棍在沙地上写着一个又一个汉字。

有一天，外公从城里给我带回了一条新裤子，还有毛笔和墨水！从此以后，我学着写下我发现的每一个汉字。有时候，连村子里的老人都认不出这些字来。

妈妈回来看我了。我都几乎忘记了她的脸，却记得她的味道。她身上背着一个宝宝。她抚摸着我的头发。她哭了。那一刻，我更情愿去找美琳玩儿。妈妈离开了。

紧紧排在写字后面，我最喜欢的是让妈妈的丝巾飞在半空中。我想象着我坐在上面，翱翔于空中。在风中，在飘舞的丝巾上，我写下"水"、"山"、"木"。有一天，我写着"雨"字的时候，下雨了！美琳说，"这真是一个奇妙的巧合！"我又试着写了其它的字。我写下了"风"字，一股小风卷了过来。

外公生病了。他不能起来了。我给他喂汤。他吃了一些米饭。夜里，他说冷。第二天早上，他再也动不了了。一个邻居把我带到了城里的孤儿院。我感觉无聊极了。人们让我照顾比我小的、哭闹的或者不想吃饭的孩子。

Des gens viennent nous voir. Ce sont des étrangers à grand nez. Les dames nous donnent des friandises, mais ce n'est pas bon ! Je fais toujours de la calligraphie, avec ce que je trouve comme matériaux, le sable, les murs, quelquefois du papier. Une dame me parle et me demande ce que j'écris. Elle dit vouloir m'emmener en Amérique.

Ça y est, je vole, en avion ! La dame m'a d'abord emmenée dans un pays appelé Indonésie. Elle m'a acheté des robes, des pantalons, des foulards, des chaussures et un grand sac. Aujourd'hui nous partons vers une île, elle me montre les photos des plages au sable blanc. Je n'ai jamais vu la mer et ça ne me fait pas vraiment envie.

Dans l'avion mon cœur se serre, j'ai envie de reculer, de partir en courant. La dame est derrière moi et me sourit. Dans mon poing, je serre le foulard de maman. Il est tout effiloché et très sale. La dame me demande de le jeter, je me mets en colère et je crie.

L'avion décolle, deux bébés pleurent, ils ont mal aux oreilles comme moi. La dame me caresse les cheveux, je ferme les yeux, je suis triste et je m'endors. Je sens les doigts de la dame sur ma main, elle essaye de se saisir de mon foulard. Je me lève et je trace le mot « mort » avec mon foulard. La dame rit. L'avion a comme un haut-le-cœur et se met à glisser tête la première vers la mer.

On est le 29 octobre 2018, l'avion indonésien de la Lion Air disparait au large de Sumatra. Parmi les disparus, 3 enfants dont 2 bébés.

有一回，有一些人来看我们。这些人长着大大的鼻子。女人们送给我们小糖果，可是并不好吃。我继续写着毛笔字，用我能找到的材料。在沙地上，在墙上，偶尔也在纸上。一个女人走过来跟我说话，她问我在写什么。她说她想把我带到美国。

终于，我飞起来了，在飞机上！这个女人先把我带到了一个叫印度尼西亚的国家。她给我买了裙子、裤子、围巾、鞋子，还有一个很大的包包。今天，我们要去一个小岛。她给我看了些有着白沙滩的照片。我从来没有见过大海。我太想亲眼一见了！

在飞机上，我的心开始紧了。我想后退。我想跑着离开。女人就坐在我后面，她冲我微笑。我手里拽着妈妈的丝巾。它早已变得又皱又脏。女人让我把它扔掉。我生起气来，开始大叫。

飞机开始下降。有两个宝宝开始哭了起来，他们也许像我一样，耳朵疼。女人抚摸着我的头发。我闭上了眼睛。我觉得难过，我睡着了。我感觉到女人把手放在了我的手上，她试图拿走我的丝巾。我站了起来，把"死"字写在了丝巾上。女人笑了起来。飞机突然栽跟头一样栽进了大海。

这一天是二零一八年的十月二十九日，马航的印度尼西亚飞机消失在苏门塔腊水域附近。在所有的失联者中，三个孩子里，其中两名是婴儿。

L'ENFANT ET LA JUMENT BLANCHE

Daniel Gorans

Xiao Wuban, ses cinq sœurs et leurs parents vivaient pauvrement sous le règne de l'Empereur Yongle, durant la dynastie des Ming.

Xiao Wuban, à peine âgé de neuf ans, savait déjà s'occuper des chevaux. Son père travaillait dans l'écurie d'un riche mandarin. Il lui avait appris les rudiments de son métier de palefrenier avec l'espoir qu'il lui succèderait le moment venu. Il avait découvert que son fils avait un don particulier, comme si les chevaux et lui se comprenaient. Il était capable de mener à l'écurie l'étalon le plus fougueux sans violence ni contrainte.

Un jour, la résidence du mandarin fut pillée puis incendiée par une bande de brigands. Peu survécurent. Xiao Wuban s'en sortit miraculeusement mais fut emmené en captivité par les brigands. Ils s'aperçurent vite de son habileté avec les chevaux et purent le vendre un bon prix à un général en partance pour commander la garnison de Simataï, sur la Grande Muraille.

L'officier, sévère et cruel, était très fier de posséder une superbe jument blanche qu'il était le seul à pouvoir monter sans se faire désarçonner. Il l'avait acquise au cours d'une campagne menée contre les barbares de l'extrême ouest de l'Empire et

少年与白母马

作者：丹尼尔·戈兰

翻译：方乙珺

明朝永乐帝治下时期，有一个叫小武班的孩子和他的五个姐姐及其父母生活在贫困中。

小武班，年仅九岁的时候，就已经知道怎么照顾马匹。他的父亲在一个富有的官员家的马厩里工作。父亲把作为马夫的基础知识都悉数教授了给他，希望将来时机成熟的时候，儿子可以接替他的工作。这位父亲发现自己的儿子别有天赋，似乎他跟马儿之间能相互理解一样。小武班可以在不使用暴力或者束缚的情况下把最桀骜不驯的种马牵到马厩里。

有一天，官员的宅子被一伙强盗洗劫一空，并被一把火烧得干干净净。只有极少人幸存了下来。小武班虽然奇迹般地逃脱了，却又被强盗抓回来囚禁了。他们很快就发现了他驾御马匹的熟练技巧，于是以高价把他卖给了一位在长城的司马台上负责指挥的将军。

dressée à coups de cravache, lui infligeant de nombreuses blessures de ses éperons. Il voulut vérifier ce que le chef des brigands lui avait dit : il mit au défi Xiao Wuban d'apprendre à la jument à danser au son de la flûte *xiao* pour distraire les soldats de la garnison. Il disposerait de trois jours. Faute d'y parvenir, il serait précipité du haut du poste de guet le plus élevé. S'il réussissait, il l'accompagnerait à la cour de Yongle pour montrer de quoi la belle jument était capable. Le général espérait ainsi obtenir les faveurs de l'empereur et une belle promotion.

Xiao Wuban fut enfermé dans un enclos avec la jument, une flûte de bambou et juste de quoi se nourrir durant trois jours. Il était désespéré, persuadé d'avoir à subir bientôt une mort atroce. Il s'assit et se mit à pleurer en silence. Tout à coup il perçut le souffle chaud de la jument près de son oreille. Elle lui fit comprendre ainsi de ne pas perdre espoir. Il se releva, la caressa et lui chuchota quelques mots doux. Il se saisit de la flûte et en tira des sons plutôt mélodieux. La jument s'agenouilla pour le laisser monter. Il continua à jouer, elle ébaucha quelques pas en rythme…

Le soir du premier jour, le général vint rendre visite à sa jument. Elle broutait dans un coin de l'enclos indifférente en apparence à la présence du jeune garçon assis non loin d'elle, l'air profondément triste. Après avoir flatté l'encolure de la jument, le général s'approcha du garçon, le frappa de sa cravache et l'insulta copieusement car il ne s'était pas levé pour le saluer. La jument se cabra légèrement, ce que le général prit pour une approbation puis il quitta l'enclos.

Le lendemain, dès le point du jour, l'enclos résonna des airs de flûte accompagnés du bruit des sabots. L'enfant et la belle

这位将军冷酷无情，以拥有一匹优良的白母马而自豪，因为他是唯一可以骑于其上而不被摔落的人。这匹白母马是他在一次在与西部蛮族作战时获得的。他用马鞭驯服了它，但这也给母马造成了无数伤口。将军想验证一下强盗们所说的话，于是他给小武班出了道难题：让他在三天之内，教会母马随着箫声跳舞，以分散驻军士兵的注意力。如果他做不到，他就会被从最高瞭望台的顶端抛下。如果他成功了，那么，他将可以随将军同去永乐阁觐见皇上，给皇上展示马儿的本事。将军希望由此获得皇帝的赏识，进而得到提拔。

　　由此，小武班和母马、一支箫以及够吃三天的口粮被一起关在了围栏里。他绝望极了，相信自己很快就会惨死。他坐了下来，开始无声地哭泣。突然，他感觉到耳畔传来了母马温热的气息，它想让他明白，不要失去希望。小武班不由得站了起来，抚摸着母马，低声对它说了几句温柔的话。然后，他拿起箫来，吹出了几个悦耳的音调。母马跪了下来，让他坐到背上。他继续吹着箫，马儿则开始有节奏地迈起步子来……

　　头一个晚上，将军前来探望他的母马。它正在围栏的角落里，目光冷漠地打量着周遭，少年坐在里母马不远的地方，一脸悲伤。马儿似乎对此无动于衷。将军拍了拍马儿的脖子，然后走近少年，以他居然没有起身来迎接他为借口，用马鞭打他，辱骂他。此时，只见母马微微抬了抬身子，将军点头表示赞同，然后就离开了围栏。

monture semblaient ne faire qu'un tant leurs déplacements étaient gracieux. Par moments tout se passait comme s'ils dialoguaient : il prononçait quelques mots, elle répondait par des sortes de grognements proches de doux hennissements. Ils avaient manifestement du plaisir à être ensemble…jusqu'au moment où le général fit irruption. Il avait observé de loin les progrès de sa jument et voulait la faire danser lui-même. Il ordonna au garçon de lui laisser sa place à cheval et de continuer à jouer de son instrument. La jument s'immobilisa et refusa d'ébaucher quelque mouvement que ce soit malgré les coups d'éperon et de cravache de son maître. Furieux, ce dernier descendit pour s'en prendre à l'enfant. Il lui reprocha d'avoir un savoir secret dont il pourrait peut-être user contre lui. Il jura que la mise à mort aurait lieu dès le lendemain soir si la situation restait la même.

Les deux amis dormirent fort mal et finirent par élaborer un plan pour le troisième jour. Tout se passa comme si de rien n'était jusqu'à l'arrivée du général. Il fit tomber les lourdes chaînes qui fermaient la porte de l'enclos et tomba aussitôt à la renverse, bousculé par sa jument sur le dos de laquelle était installé Xiao Wuban. Les deux complices filèrent au grand galop vers le pays de naissance de la jument, la frontière la plus occidentale de l'Empire. Elle avait convaincu l'enfant que là-bas ils pourraient être libres de vivre comme ils l'entendaient. Le général tenta en vain de les rattraper, aidé de ses meilleurs cavaliers qui, lassés de sa cruauté, se débarrassèrent de lui au plus profond d'une épaisse forêt.

次日，天刚刚亮。箫声伴随着马蹄声响彻围场。少年和他美丽的坐骑仿佛合二为一，动作优雅。有时，他们好像在交谈：他说了几个字，马儿就用一种轻柔的嘶嘶声回答着他。显然，他们很享受在一起……直到将军突然闯了进来。他远远地看着他的母马取得了很大的进步，便想亲自让它跳舞。将军命令少年让他骑上马背，而他则继续吹箫。然而，母马停了下来，不管主人怎么鞭策，就是一纹丝不动。愤怒的将军下了马，开始攻击男孩。他质疑他有密谋，会用于对付他。他发誓，如果到了第二天晚上情况依旧，他就会杀掉他。

当晚，少年和母马睡得很不安稳，最后，他们制定了第三天的计划。一切都若无其事地进行着，直到将军再次到来。将军刚丢下用来锁围栏门的沉重锁链，就被被驮着小武班的母马推搡着，跌倒在地。旋即，两名伙伴飞奔逃离，朝着帝国最西边的母马的出生地奔去。母马让少年相信，他们可以在那儿按自己的意愿生活。将军狼狈爬了起来，想通过最出色的骑兵追上他们，然而，他并没有成功。这些骑兵也厌倦了他残酷无情，在茂密森林的深处把他赶走了。

JEU DE PISTE EN FORÊT

Bernard Conseil

Cette forêt tropicale dans laquelle je m'engage est magnifique : d'immenses arbres sous un ciel lumineux, toutefois l'ambiance est très humide. Ici, il n'y a pas de climatisation ! Je marche d'un bon pas au rythme du balancement de mes bras. Partout où je lève la tête, je vois des cimes extraordinaires percer la canopée et lorsque je la baisse une luxuriante végétation de sous-bois s'offre à mon regard. J'entends de partout des chants d'oiseaux et d'autres cris d'animaux.

J'aperçois quelques petits singes qui se courent après dans une folle poursuite. Un peu plus tard, je découvre les couleurs chatoyantes d'un oiseau qui s'échappe d'un bosquet puis ce dernier s'envole et se pose sur une haute branche. La vie sauvage en forêt, quelle merveille ! Cela me change de la vie animale de mon immeuble : des rats qui courent dans la cave et des cafards qui zigzaguent dans la salle d'eau ! Rien à voir non plus avec le marché de la ville où tous les animaux sont enfermés dans des cages !

森林寻宝游戏

作者：伯纳德·康塞尔

翻译：方乙珺

　　我置身其中的这片热带森林异常美丽：明亮的天空下，巨木参天。空气非常潮湿。这儿可没有空调。我随着手臂摆动的节奏轻快地迈着步伐。无论走到哪儿，只要略微抬头，就能看到壮丽的山峰刺穿树冠。而当我低下头时，视线则为茂密的灌木丛所填满。在这儿，各种鸟儿和其他动物的叫声处处可闻。

　　几只小猴子在疯狂地互相追逐。片刻之后，一只羽色艳丽鸟儿从灌木丛中窜出，飞落到了高高的树枝上。森林里的野生动物，真是个奇迹！这一切都让我远离了公寓大楼里动物般的生活：老鼠在地下室跑来窜去，蟑螂在浴室里迂回爬窜。而这一切同样与在市场上被关在笼子里的动物毫无关系！

Quelques minutes plus tard, je remarque un ruban rouge accroché à un tronc au niveau d'un petit chemin qui s'enfonce sous les taillis. Je m'y engage : le rouge est la couleur qui m'a été attribuée pour ce jeu de piste. Quant à mon copain Wang, c'est le bleu et pour Lee, c'est le jaune. Je suis chanceux, le rouge est une couleur facile à repérer, qui ne se confond ni avec le ciel ni avec une feuille morte. C'est la couleur du bonheur, mais c'est aussi celle de la révolte.

On devrait se retrouver à la fin de ce jeu de piste, activité menée cet après-midi. Ce sera l'opportunité d'oublier la grisaille de notre environnement quotidien, et de retrouver l'esprit de la forêt qu'ont connu nos ancêtres. Ce sera surtout pour nous, les forcenés du travail scolaire, l'occasion d'échapper un instant à nos obligations. C'est notre façon à nous de résister à cette société du surpassement de soi et de la compétition féroce entre tous.

Le chemin a tendance à se rétrécir et j'ai du mal à le suivre. Enfin, sur le sol, la couverture d'un petit livre rouge attire mon regard et me confirme que je suis sur la bonne voie. Au moment où la trace se divise en deux, un petit papier rouge jonche le sol, je reconnais l'emballage d'un gâteau surprise. Plus loin, à un autre embranchement, je note un chapelet de petits cailloux. Je suis mon intuition, d'autres chapelets de petits cailloux confirment mon choix, mais ils deviennent de plus en plus rares. Bientôt, il n'y en a plus aucun.

几分钟后，我注意到其中一根树干上挂着一根红丝带。树干位于灌木丛中的一条小路上。我了然，红色是我在这次寻宝活动中的标配色。至于我的好哥们王，他的是蓝色，而好哥们李，则是黄色。我很幸运，红色很好辨认，它不会跟天空或枯叶融为一体。它既代表着幸福，也彰显着反抗。

　　我们预计在今天下午的寻宝活动结束后见面。这也是我们忘记灰色调的日常生活环境、重新发现我们祖先所熟知的森林精神的一次机会。对于我们这些身在学校的工作狂来说，这更是我们暂时逃避各种任务的机会。总而言之，这是我们对抗这个充斥着超越自我、竞争激烈论调的社会的方式。

　　眼前的路愈发趋于狭窄，我发现很难继续走下去。最后，地面上一本小红书的封面吸引了我的眼球，它的出现证实了我的方向是正确的。当路径一分为二时，地面散落着一张小红纸。我认出了那是惊喜蛋糕的包装。往前稍远点儿，来到另一个路口时，我留意到一串小鹅卵石。我跟随着我的直觉继续前行，其它七零八落的鹅卵石证实了我的选择，但它们变得越来越少，很快就没有了。

Je poursuis au petit bonheur la chance et me heurte à une végétation de plus en plus dense. Un instant, je m'imagine approcher du château d'une belle princesse prisonnière d'un méchant dragon crachant des flammes.

En fait, je découvre une cabane recouverte de branchages, à l'intérieur un bébé tigre ! Il prend la fuite à mon arrivée. Horreur, ses parents ne doivent pas être bien loin ! Je sers alors dans ma main droite l'arme qu'on m'a confiée avant le départ du jeu de piste. On m'a recommandé d'être parcimonieux avec mes tirs, je n'ai droit qu'à six coups. Je m'écarte rapidement de la cabane et me réfugie derrière un large tronc d'arbre en attendant d'y voir plus clair. Des nuages couvrent le ciel, la lumière ambiante faiblit et hélas toujours aucun signe de mes copains. On nous avait pourtant promis que nos pistes se croiseraient cet après-midi.

Soudain, je découvre au-dessus d'un taillis à quelques mètres de moi une forme bleue. Serait-ce un des signes de la piste de Wang ? Est-il déjà passé par là ? Est-il en retard ou en avance sur moi ? En détaillant plus minutieusement l'objet, je découvre avec stupeur qu'il s'agit de la casquette d'un policier ! Nos enseignants nous auraient-ils dénoncés aux autorités ? Nous aurions dû laisser nos téléphones portables chez nous, maintenant nous sommes géolocalisés. Brutalement, la casquette se met en mouvement et un policier en uniforme, sort du fourré. Il me fait un signe menaçant et s'apprête à me barrer la route. Je pointe immédiatement mon pistolet sur lui et tire un coup de laser. Il est pulvérisé, ne reste de lui que son couvre-chef bleu tombé au sol.

我只好随心继续往前，渐渐遇到了越来越浓密的植被。有那么一瞬间，我想象着自己正在接近一座被邪恶的喷火龙困住了的美丽公主的城堡。

事实上，我发现了一间被树枝所覆盖的小屋，里面竟有一只小老虎！我一到它就逃了。我心中一骇，想着它的父母一定就在不远处！于是，我把游戏开始前拿到的激光手枪握在右手上。组织方建议我谨慎使用子弹，因为我最多允许打出六发。我迅速离开小屋，躲在一棵大树后面，以期进一步看清楚形势。乌云遮天蔽日，光线极为暗淡。不巧的是，我仍不知我的伙伴们的踪影。然而，组织方说过，我们的轨迹将会在下午重合。

突然，我发现在离我几米远的小树林上方，有个蓝色的物体。这会不会是好哥们王的迹象之一？他刚去过那里吗？他在我前面还是后面？再定睛一看，我惊奇地认出这是一顶警察帽子！学校里的同事会向当局举报我们吗？该死，我们本该把手机留在家里，可现在显然我们的位置已经被定位了。忽然，帽子开始移动，一名穿着制服的警察从密林中走了出来。他朝我打了个带有威胁意味的手势，要拦住我的去路。我立马举起手枪朝他发射了激光子弹。他即刻被击中，身销形碎，地面上只剩下他蓝色的帽子。

Le soulagement est de courte durée, le tir s'est avéré très lumineux. Il pourrait indiquer ma position aux parents du bébé tigre. Eux, je les avais totalement oubliés ! De plus mon acte de résistance pourrait me coûter très cher, s'il se retrouvait enregistré dans les *big data*.

Soudain tout est noir, je ne vois plus rien alors qu'une patte s'abat lourdement sur mon épaule. Je pousse un cri de terreur et me retourne instantanément pointant mon arme sur ce que je crois être un tigre. C'est alors que je reconnais la voix de celui qui m'avait expliqué le fonctionnement du pistolet laser en début du jeu de piste.

- Du calme jeune homme, la partie est finie. Veuillez retirer votre casque de réalité virtuelle ainsi que vos écouteurs.

解围只是暂时的，开枪的火光非常明亮。我的位置很有可能因此暴露给了小老虎的父母。两只成年虎！我几乎完全忘记了它们！此外，如果我的反抗记录被记入大数据库，我将可能付出极沉重的代价。

正惊虑中，突然，眼前一片漆黑，什么都看不见了，只感觉到有一只爪子重重地落在了我的肩膀上。我惊恐地大叫起来，快速转身，用枪指着我认为是老虎的身影。就在这一刻，我认出了那个寻宝活动开始前，向我解释激光枪工作原理的工作人员的声音。

冷静点，小伙子，游戏结束。请取下虚拟现实头盔和耳机。

HERBE FOLLE

Aude Hazard

Je vis entourée de buveurs de thé depuis ma plus tendre enfance. Mon entourage ne jure que par ce breuvage, c'est une vraie religion familiale. Du matin au soir, du soir au matin, il y en a pour tous les goûts dans le siheyuan où j'habite au cœur de Beijing. Du thé oui ! Mais à chacun sa préférence !

Prenons pour exemple le thé du matin.

Mama est originaire de Hangzhou, la capitale du Longjing, ce thé vert raffiné et connu dans toute la Chine. Il faut dire que ce thé lui rappelle son enfance, ma mamie travaillait dans les collines de thé à l'époque et la famille ne buvait que de ça tout au long des journées pénibles de labeur… Tous les matins, maman fait bouillir son eau à bonne température puis, religieusement, prend sa boîte hermétique contenant de petites feuilles vertes séchées et choisit sa théière dans le vaisselier à thé, y dépose délicatement une dizaine de feuilles et y verse l'eau frémissante. Une senteur florale se dégage instantanément de la théière et envahit la cuisine. Délicatement, elle le verse dans une tasse haute et hume la douce odeur, observe sa couleur de jade, avant de boire à petites gorgées ce breuvage tant désiré. Pour elle, la journée peut commencer.

小草书

作者：欧阳百合

翻译：欧阳百合

我从小就被喝茶的人包围着。我周围的人对这种饮料信誓旦旦，它是一种真正的家庭宗教。从早到晚，从晚到早，在我居住的北京中心的四合院里，每个人都有自己的口味。喝茶吧! 但各人有各人的特点!

以早茶为例。

妈妈来自杭州，是龙井茶的主要原产地，这是一种全中国闻名的精品绿茶。不得不说，这种茶让她想起了她的童年，奶奶当时在茶山上工作，在整个艰苦的劳作日子里，全家人只喝这种茶……每天早上，妈妈把水烧到合适的温度，然后，虔诚地拿起她装着小干绿叶的密封盒，从茶柜里选择她的茶壶，小心翼翼地放入撮叶子，把熬好的水倒进去。一股花香瞬间从茶壶中飘逸出，充满了厨房。她上心地将其倒入高脚杯中，吸着甜美的气味，观察着它的如玉色泽，然后啜饮起这渴望已久的饮料。对她来说，这一天可以开始了。

Baba, lui, aime le thé fort, celui qui réveille le matin. Son péché mignon : le thé noir très infusé à l'odeur et au goût amer. 2e arrivé en cuisine, il prend le reste d'eau frémissante de maman et remplit un bol d'eau bouillante. Il y jette d'un coup sec une poignée de thé noir, et s'assied devant son bol pour humer l'odeur de plus en plus forte, observer la couleur de plus en plus brune, avant de boire à grosses gorgées ce breuvage tant désiré. Pour lui aussi, la journée peut commencer.

Yeye et Nainai (papy et mamie) habitent avec nous dans la cour carrée. Et évidemment eux aussi ne commencent pas la journée sans thé. A la retraite tous les deux, ils cultivent l'art de boire du thé de façon différente.

Nainai aime le thé fermenté fumé, le Pu'er. Après un rapide passage en cuisine pour prendre de l'eau potable à la bombonne, elle repart aussitôt à petits pas vers la pièce principale du siheyuan où elle a installé son service à thé. Assise devant un ensemble de petits ustensiles, mini-tasses, mini-théières en terre cuite ou en porcelaine installés sur une table de cérémonie, elle commence par remplir deux bouilloires, l'une basique l'autre spéciale pour maintenir la température exacte qu'il lui faudra pour infuser son thé. S'en suit un cérémonial silencieux proche de la méditation où seuls l'eau frémissante et le cliquetis des ustensiles qu'elles manipule se font entendre. Après avoir stérilisé tous les ustensiles à l'eau bouillante, elle se lève doucement et va choisir dans l'armoire à thés le Pu'er du jour. Elle le hume, l'observe, le trie puis commence la cérémonie, l'eau à température exacte de la deuxième bouilloire ouvrira délicatement les feuilles compressées au fur et à mesure de ses trois infusions. Se dégage alors une odeur de sous-bois, de champignon, de fumé. Une odeur qui, au fur et à mesure des

爸爸喜欢浓茶，早上能叫他起床的那种。他最喜欢的是：高度浸泡的红茶，气味和味道都很苦。作为当天第二位走进厨房的人，他端起妈妈剩下的沸水，在碗里倒入适量。接着，他往碗里扔了一把红茶，然后坐在碗前，闻着越来越浓的气味，欣赏着越来越深的茶色，然后大口大口地喝下了这杯渴望已久的饮料。对他来说，这一天也可以开始了。

爷爷奶奶和我们一起住在四合院里。当然，他们也不会不喝茶就开始新的一天。他们都已退休，以不同的方式形成了喝茶的习惯。

奶奶喜欢发酵的烟熏茶，普洱茶。匆匆去厨房从罐子里拿了些饮用水后，她立即迈着小碎步向四合院的主屋走去，她在那里放了茶具。她坐下在安放了一套茶具的桌子前：一套迷你茶器、迷你杯子、以陶或以瓷制成的迷你茶壶。她先给两个茶壶装满水，一个是基本款的，一个是特殊款的，以确保水温一直恰如其分。随后是一个接近冥想的无声茶道，只能听到煮水声和她正在处理的茶具的叮叮当当声。将所有器具用开水消毒后，她慢慢起身，到茶柜前选择当天的普洱茶。她闻着它，观察它，整理它，然后开始茶道。当她冲泡她的三款茶时，第二只水壶里温度精确的水会细腻地打开压缩的叶子。少顷，一股混合了灌木、蘑菇和云雾的香气飘散开来。多年来，这种气味已经渗透到主房间的家具、织物和挂毯中。因此，经过一个小时的烟熏冥想之后，奶奶的一天就可以开始了。

années, a imprégné meubles, tissus et tapisseries murales de la pièce principale. Ainsi, après une heure de méditation fumée, la journée de Nainai peut commencer.

Yeye lui, est loin de tout ce cérémonial, qu'il appelle chichi pour taquiner Nainai. Il est artiste calligraphe et peintre traditionnel, il dit percevoir l'immensité de l'univers dans un simple verre de thé. Ce qu'il aime simplement, lui, c'est de mettre délicatement deux-trois feuilles au fond d'un verre haut transparent, d'y verser doucement l'eau frémissante et de rester là, à observer les volutes de vapeur et la danse des feuilles dans le tourbillon de l'eau. Même lorsque l'eau semble stagner, la feuille continue de s'épanouir et d'onduler, de répandre imperceptiblement sa couleur et son goût, elle vit et reprend de l'énergie à chaque gorgée. Son odeur légère s'enroule délicatement autour de Yeye, la feuille l'invite à la danse. Ainsi, après une heure de méditation douce, la journée de Yeye peut commencer.

Plus tard dans la journée, chacun aura sa préférence Mama restera fidèle à son thé vert de Longjing, Baba se fera un petit plaisir au thé blanc dans la journée, Nainai alternera son cérémonial méditatif entre Pu'er et Oolong, Yeye, lui, échangera ses trois feuilles de thé contre trois fleurs de rose ou de jasmin pour les contempler s'épanouir dans son verre transparent et danser, danser…

Me concernant, Yeye me surnomme « herbe folle », du nom d'un style de calligraphie chinoise très libéré des règles ancestrales traditionnelles. Malgré une famille religieusement attachée à cet art du thé, le mélange quotidien de ses effluves dans le siheyuan m'a définitivement écœurée, je ne peux pas en boire une goutte, je suis une herbe folle a-thé.

爷爷呢，根本不在乎这些仪式感！他称这些仪式为故弄玄虚，来逗奶奶。他是一名书法家和传统画家，他说他在一杯茶里就能感知到宇宙的浩瀚。他只是喜欢在一个高高的透明玻璃杯底部小心翼翼地放上两三片叶子，把煮好的水轻轻地倒入其中，然后留在那里，观赏着缕缕蒸汽和叶子在水漩涡中的舞蹈。即使水似乎停滞不前，叶子仍在继续绽放和荡漾，潜移默化地散发着它的颜色和味道，每喝一口都有生命力并让人恢复能量。它淡淡的香味微妙地包裹着爷爷，叶子似乎在邀请他跳舞。因此，经过一个小时的温和冥想，爷爷的一天就可以开始了。

当天晚些时候，每个人都会有自己的偏好。妈妈会继续忠于她的龙井绿茶，爸爸会在白天沉迷于白茶，奶奶会在普洱和乌龙之间交替进行她的冥想茶道，爷爷会用他的三片茶叶换取三束玫瑰或茉莉花，遐思它们在透明玻璃杯中绽放和跳舞，跳舞……

我呢？爷爷叫我"小草书"，这个名字来自于一种非常不受传统书写规则约束的中国书法字体。尽管全家人都虔诚地依附于茶艺，但每天在四合院里飘荡的混合香味无疑让我感到恶心，我不能喝一滴，我是一个无神论小草书。

Athé/a-thé 意思是一个法语的双关语：
茶的法语发音是 thé /
无神论的法语发音是 athé

TU, OÙ COURS-TU ?

Daniel Gorans

C'est enfin mon tour ! Je vais pouvoir faire la fête. Mes grandes oreilles se dressent avec fierté. Je sors de mon terrier, une oreille, puis l'autre. La menace d'être dévoré par seigneur tigre il y a un an m'a rendu prudent, pour ne pas dire méfiant. Être resté terré pendant une année me plonge de plus en pleine crise identitaire. Qui suis-je ? Lièvre, lapin, lapin de jade ou lapin d'eau ? Tout ce dont je suis sûr, c'est qu'à la prochaine pleine lune les honneurs me seront rendus, et ce durant une année. Me voilà rassuré sur mon avenir proche.

J'ai eu le temps de réfléchir à la façon dont je souhaitais organiser la fête. Je veux inviter toute ma famille. Nous sommes innombrables mais je redoute toujours que notre espèce, comme beaucoup d'autres, disparaisse à tout jamais de la surface de la terre. De la myxomatose au covid, de la disparition progressive des prairies et orées de forêts où nous pouvions en toute sécurité creuser terriers et galeries… les conditions de vie deviennent des conditions de survie ! J'ai tout d'abord songé à aller m'installer avec les miens sur la lune pour y rejoindre la déesse CHENG'E. Un ancien m'en a dissuadé. Il m'a rappelé que d'autres avant moi avaient tenté l'expérience, en particulier YU TU, ancêtre de tous les lapins de jade, et sa tribu. Ils avaient fini par revenir sur

兔，你去往哪里？

作者：丹尼尔·高朗

译者：郭彦娜

终于轮到我啦！终于能够庆祝一番。我大大的耳朵骄傲地支棱起来，一只接着一只探出洞外。一年前我险些被老虎大王吃掉，因此我变得——算不上多疑——谨慎起来。窝在洞里的这一年，我也陷入了身份危机。我是谁？野兔，穴兔，玉兔，还是"水兔"？我所能确定的是，等到年尽月满之时，我将荣誉加身，且是持续一整年的荣誉。想到即将到来的日子，我感到十分宽心。

我有时间考虑如何操办聚会。我想邀请全家一起庆祝。虽说我们家族成员众多，我却总是担心我们会像很多其它物种一样永远消失在这片土地上。先是兔粘液瘤病，后有新冠病毒，就连保证我们安安全全打洞挖穴的草原与林边都在一点一点地消失，我们的生活条件竟变成了生存条件！起初我想到可以携家带口投奔嫦娥女神，定居月宫。可是一位长者劝阻了我，他提醒我说之前已有人试图这样做过，其中就有玉兔（它是所有玉兔的先祖）和它的家族。最终，他们还是回到这片土地，这儿的食物更合胃口。

terre, la nourriture y étant bien mieux adaptée. L'herbe fraîche, les bourgeons, les légumes des potagers ont bien meilleur goût que les surprenantes perles de lune ! L'astre céleste fait pourtant des efforts : il s'effrite petit à petit mois après mois et invite en vain qui veut à venir manger à volonté les monceaux de perles. Il ne se décourage jamais, se reforme au bout du compte comme pour un puzzle. J'ai compris avec ce récit pourquoi la lune changeait sans cesse de forme pendant 28 jours, toujours à l'identique.

Une autre idée m'est venue : m'en remettre à la déesse NIANGNIANG pour m'assurer une descendance si nombreuse qu'impossible à anéantir. Alors j'ai pris le chemin du mont TAI, dans le SHANDONG. Tout près du sommet de cette montagne sacrée je vais solliciter sa protection dans le temple qui lui est dédié. Je suis précédé par la fanfare de mes congénères musiciens, suivi par toute ma parentèle. Chacun est armé de pétards, de bâtons d'encens et d'offrandes. Nous nous lançons à l'ascension de la plus réputée des douze montagnes sacrées. Tous ceux qui nous croisent en chemin me posent les mêmes questions :

- TU, où cours-tu ?
- Je parcours le chemin emprunté par tous les empereurs.
- Pourquoi cours-tu, TU ?
- Pour honorer à temps la déesse NIANGNIANG.
- Elle a le temps, puisqu'éternelle.
- Je dois être au rendez-vous de la nouvelle lune, pour l'an nouveau.
- Alors dépêche-toi, nous te suivons, nous voulons être de la fête.

青草、嫩芽和菜园里蔬菜的味道都比令人惊奇的夜明珠要美味得多！不过，月宫仍然在努力吸引那些想大快朵颐地享用夜明珠的人，因而它月复一月地逐渐缩小，最终却无济于事。但它从不气馁，像拼图一样重塑自己。这个故事让我明白了月亮为什么要在 28 天的时间里改变形状，循环往复，从不间断。

另一个主意冒了出来——拜求娘娘女神保我子孙昌盛绵延。于是我赶往山东泰山，去神山山顶附近的娘娘庙祈求她的庇佑。我的伙伴们敲锣打鼓在前开道，我的亲族则跟在我身后，各各都带着鞭炮、香烛和供品。我们朝着十二神山中最负盛名的那座攀登。所有在路上遇到我们的人都问我同样的问题：

——兔子，你去往哪里？
——我沿着历代帝王走过的路登山。
——兔子，你为何去？
——为了赶去拜娘娘女神。
——娘娘女神永生不灭，她有的是时间。
——为赶上新年，我必须得在月满之际到达。
——那你就快些吧，我们跟着你，我们也想参加聚会。

Un cortège impressionnant se forme. Avertis par la fanfare, les moines sortent du temple. Je me présente à eux. Je suis le plus grand et le plus gros de la troupe. Je surprends le regard concupiscent du supérieur. Il s'imagine sans doute déguster mon râble apprêté en civet… Les dangers sont encore bien présents ! Je lui annonce avoir rendez-vous avec la déesse qu'il est censé vénérer. Il ne peut rien contre moi. Je me prosterne trois fois devant la statue de ma protectrice, les pétards font un vacarme infernal et mes yeux pleurent tant les fumées d'encens sont denses.

Je suis transporté sur un trône, les offrandes s'accumulent. Je suis rassuré. Je vais pouvoir déployer ma gentillesse et mon intelligence au service de mon peuple, de leurs cousins proches ou lointains, voire des humains, à commencer par tous ceux de l'Empire du Milieu et alentours : je veux les convaincre qu'il est grand temps de respecter la nature et de nous porter le même respect les uns aux autres. Serai-je entendu avant l'arrivée de mon successeur, le dragon, dont je redoute les jets de feu ?

一行人浩浩荡荡。和尚们听到喧天的锣鼓声，从寺庙中走了出来。我向他们自报家门，这一干人里最志得意满的就属我自己了。我突然发觉一双虎视眈眈的眼神盯着我，老虎大王想必是想吃葱烧野兔肉……危险远远没有消失！我告诉他，我们是去拜奉他应当崇敬的女神娘娘。他无奈我何。我在娘娘像前磕了三个头，鞭炮声震耳欲聋，旺盛的香火缭绕不绝，熏得我的眼泪直流。

　　我被抬上宝座，面前的供品堆积如山。我放心了。我将广施仁慈与智慧，造福我的子民和他们的远亲与近邻。自中国及周边的所有百姓始，人类也将同被恩泽。我将要说服他们从现在起尊重大自然、尊重彼此。在我的继任者——令人望而生畏的吐火之龙——到来之前，他们能够听得到我的呼吁吗？

LE JARDIN DU BOUFFAY

Christian Siguié

Xiao Nan ne comptait plus les années écoulées depuis son départ de TIANJIN, contraint par la construction de logements et bureaux, accélérée depuis le début des années 1980. La petite maison qui avait abrité son enfance et son adolescence donnait sur le fleuve *Hai He*. Rattachée au district de Tanggu, la demeure familiale débordait cependant d'un demi *mu* sur cette ancienne friche portuaire, dont les terrains vagues d'alors allaient former la nouvelle zone de *Binhai*.

C'est lorsque l'ombre d'un nouvel immeuble commença à pointer puis à assombrir le porche de l'entrée principale, que toute la famille de Xiao Nan comprit que le temps était venu pour elle de se trouver un autre chez-soi. Pourquoi partir cependant, lorsque le monde entier célèbre alors l'entrée de la Chine au sein de l'Organisation Mondiale du Commerce ? Pourquoi quitter la cité de ses aïeux lorsque l'opulence y vient rimer avec l'insolence d'une fière municipalité autonome, presque blasée des vestiges d'un passé disputé que lui avaient concédés Européens et Russes un siècle plus tôt ? Pour Xiao Nan cependant, il s'agissait plutôt de savoir « où aller » : une interrogation légitime mais éphémère, tandis que son pays s'ouvrait d'un coup au reste de l'humanité…

布菲街花园

作者：克里斯蒂安·西格

翻译：周婳颖

　　小楠已不记得离开了天津多少年，从那个写字办公楼林立的 80 年代初开始。在那个可以眺望海河，庇护她度过了童年和青春期的小房子里。当年塘沽区海湾荒地上的祖屋，如今已建成了滨海的一片"半亩"新区。

　　当新大楼的阴影照进前廊，屋内光线暗淡下去，小南全家这才意识到，是时候另谋出路了。当国人都在庆祝中国加入世界贸易组织，这座城市也逐渐富裕起来了，为什么非要在这个时候选择离开这个祖祖辈辈生活过的，让人引以为豪的地方？回顾上世纪历史，这里曾被欧洲人和俄罗斯人占领，难道她是想逃离这个曾蒙羞之地？对于小南，她更想知道的是，自己要"去往何方"：尽管自己的国家一下子向世界敞开了大门，但她心中也有个一闪而过，又在情理之中的困惑……

C'est le demi-*mu* superflu qui modifia à tout jamais le destin de sa famille : il attira en effet l'offre inespérée d'un groupe financier qui entendait repousser avec une ambition affichée les limites administratives du quartier dont il assurait la promotion immobilière. Xiao Nan et ses deux sœurs, qui entendaient découvrir ce monde, que leurs manuels scolaires ne leur avaient que trop partiellement dévoilé, n'espéraient rien de mieux. Deux décennies plus tôt, leurs parents avaient eu l'intuition de leur faire apprendre des langues étrangères distinctes, dans l'espoir que leur progéniture parvienne à leur expliquer un jour pourquoi Français, Allemands et Russes étaient tour à tour venus de si loin pour tenter d'imposer une culture, dont il ne restait plus aujourd'hui que quelques expressions importées et de rares dictionnaires. La langue de Shakespeare et de Mac Donald réunis était plus recherchée et les trois filles enviaient alors leurs camarades anglophones, que les chasseurs de tête occidentaux recrutaient jusque dans les discothèques et autres bars branchés du cœur de la ville.

Pour un demi-*mu* de trop, le moment était venu de partir pour la famille de Xiao Nan qui se disputait désormais tous les soirs le « *Piouiiiingtrrrrr* » retentissant d'Internet sur les modems *56 K* dont les branchements s'affichaient alors avec ostentation. Le réseau des réseaux ne permettait pas non plus les visio-conférences dont l'usage s'est répandu depuis. L'expatriation s'imposait à qui souhaitait connaître le reste d'un monde, qui se demandait en retour à quoi pouvait bien ressembler le nouvel Empire du Milieu, dont elle ne connaissait que le label « *Made in China* » ! Xiao Peng partit étudier sur l'autre rive du fleuve Amour où elle fonda sa propre famille. Xiao Li bénéficia d'une bourse qui lui permit d'intégrer le

"半亩"彻底改变了整个家族的命运：这的确吸引来了大笔金融地产集团的投资，他们雄心勃勃，甚至不惜公然打破房地产的地区行政限制。而此时，像小南和她的两个姐姐这样想去探索世界的孩子们，已经不满足于教材中里讲的有限的那点东西。早在二十多年前，父母就很有先见地让她们学几门外语，希望孩子们有一天能清楚告诉他们，为什么法国人、德国人和俄罗斯人都曾轮番试图改变过这里的文化（并未成功），如今只有鲜少的表达和词汇仍在汉语中被使用，偏偏英语这种莎士比亚和麦当劳文化结合的语言，却倍受追捧。这三个女孩当初也很羡慕那些学英语的同学，因为西方猎头们在城里的迪斯科舞厅和时尚酒吧都会招募说英语的。

而在"半亩"，每晚，当小南家里连上 56K 互联网调制器，发出"Piouiiiingtrrrrr 嚓嚓啪啪特特"那声傲娇的提示开机音，家里人都争相上网，她知道是时候离开这了！要知道当时（世界）视频会议已经普及，而家里的网速却远远没法达到这样的技术。对于那些想要迫切了解更大世界的人来说，出国是必然的！就如外国人想了解现今中国的样子，而不仅仅是"中国制造"这个标签！小鹏去了爱河的对岸读书，在那里成了家。小李则拿了到一笔奖学金，去了刚统一的德国进修海外市场营销专业，就职于 Wolfsburg 汽车制造集团。

département *Marketing Übersee* du groupe de Wolfsburg, fleuron de l'industrie automobile d'une Allemagne réunifiée. À Paris où souhaitaient l'adresser ses parents, Xiao Nan préféra la Bretagne et l'estuaire de la Loire : l'extrême Ouest du super continent que l'on aurait pu parcourir à pied, de l'Europe à l'Asie avait emporté sa curiosité ! Nantes lui rappelait son prénom. Elle s'y installa… à deux pas de la vigne de Bouffay.

Avec ses jambes, mais aussi ses mains et tout son cœur, Xiao Nan entreprit à l'instar de ses sœurs de décrypter ce qui rendait son environnement aussi différent, voire hostile dans les titres de certains journaux. Amatrice du Muscadet dont elle accompagnait régulièrement les poissons et fruits de mer qu'elle ramenait du marché de Talensac, elle rêvait de ces propriétés étendues dont les noms étaient connus jusqu'en Chine. De là à s'offrir un domaine… elle entreprit donc de « cultiver son jardin[1] », bien à elle et bien au-delà des espérances de Voltaire. Dans le centre historique de Nantes, au beau milieu d'une commune libre dont elle affectionnait la portée symbolique, cent mètres carrés étaient une bénédiction. C'est là qu'elle fit pousser tour à tour les plantes médicinales et aromatiques, dont elle parvenait le plus souvent à faire venir les graines et semis « à dos d'étudiants » venus d'Asie. Xiao Nan riait alors de sa nouvelle vie de Nantaise d'adoption mais son cœur se mit à battre… lorsque l'ombre d'un nouvel immeuble commença à pointer, puis à assombrir le porche de son entrée principale.

---

[1] Pour le fameux écrivain-philosophe et encyclopédiste français (21/11/1694 ~ 30/05/1778), « cultiver notre jardin », c'est agir pour améliorer le monde, en faire prospérer la terre, y travailler pour le progrès, sans attendre ces bienfaits de la Providence. Ce postulat fonde toute l'œuvre de Voltaire.

父母想送小南去巴黎，她自己则更倾向去布列塔尼和卢瓦尔河省：能行走到欧亚大陆的最西端，这对她来说充满了好奇！ 而且南特让她想起了自己的名字（里面也有"南"字）。 她在那里安顿下来……离布费花园街的酒窖只有几步之遥。

和她的姐妹们一样，小南全身心地努力打破文化差异，包括（消化）某些报纸头条新闻中充斥的（对华人的）仇视情绪。 作为一位密斯卡岱酒爱好者，她还经常从Talensac 集市上买回鱼和海鲜，这些驰名中国的南特当地特产是她早就梦寐以求的。在布菲花园街她买下了一套房……从此，她实现了"耕种自由*"，可以说她的这片自留地，远远胜过伏尔泰式的浪漫梦想。 在南特市中心这个有历史价值的一百平米的象征自由之地，对她来说有着非凡的意义。 在房子的花园里，她轮番种植各种草药和芳香植物，还经常设法通过"留学生的帮助"从亚洲引进各种植物的种子和幼苗。 正当小南为自己作为"南特女人"的全新生活开心不已时，这一切又发生了变化……此时，一栋新建筑的阴影又投向了她的正门廊。

* 译者注：对于著名的法国作家哲学家和百科全书作家（1694 年 11 月 21 日~1778 年 5 月 30 日）来说，"耕种花园"就是采取行动，为改善世界，使地球繁荣昌盛而劳作。

RENCONTRE AVEC UN MAITRE DE THÉ

Les yeux du jeune homme font des allers-retours entre l'affichette à la porte de la maison de thé et l'adresse griffonnée sur le bout de papier qu'il tient serré dans sa main. Quand il est sûr qu'elles correspondent, il frappe. Comme personne ne vient, il entre.

Une voix appelle de derrière le jeune homme : « Qui cherchez-vous ? »

Il se redresse et se retourne brusquement. « Maître Kong ! » dit-il.

Un vieil homme à la barbe grisonnante se tient parmi les tables. Son regard est vif et plein de vie. Il porte une robe de soie jaune. Il y a quelque chose de profond et de digne dans ses manières.

« Maître Kong » dit le jeune homme. « C'est bien vous, n'est-ce pas ? »

Le vieil homme confirme son nom de famille mais pas son titre.

会见茶艺大师

作者：弗朗索瓦·博蒂

翻译：尹伟

年轻人看一眼茶馆门上的招牌，再看一眼手里紧握着的，上面潦草地写着茶馆地址的纸片，目光就这样来回流转。当他确定地址是对的之后，敲了敲门。没有人来开门，于是他走了进去。

一个声音从年轻人身后叫住他："您找谁？"

他挺直身子赶紧回头。"孔师父！"他说。

一位花白头发的老人站在桌子中间，精神矍铄，目光炯炯有神。老人身穿一件黄色的丝绸长衫。举手投足之间透着某种深邃而高贵的气质。

"孔师父，"年轻人说，"是您吗？"

老人确认自己姓孔，但并没有确认他的身份。

Le jeune homme ne peut pas contenir son excitation. « J'ai passé des mois à vous chercher », dit-il. « J'ai parcouru beaucoup de villages, fouillant chaque ruelle. » Même après que quelqu'un lui a dit que ce qu'il cherchait pourrait être si proche, la maison de thé n'a pas été facile à trouver. Enfin, enfin ! il se tient face à Maître Kong, le plus grand maître de wushu, dont il espérait jusqu'à présent qu'il fût bien un homme de chair et d'os et non un mythe.

Le vieil homme lui dit simplement : « Tu as connu des moments difficiles. Prends une tasse de thé ».

Ils s'assoient ensemble. La table n'est pas particulièrement ornée, mais la patine du bois révèle son âge. Le décor est simple, de style classique. Sur la planche de bois se trouvent une rangée de petites tasses blanches émaillées, de plus grandes en porcelaine et une théière en argile de Yixing. Une bouilloire en fonte chauffe sur le foyer à charbon de bois au coin de la table. Des gouttes d'eau jaillissent du bord de son couvercle et ruissellent le long du motif de dragon moulé dans la paroi, si bien qu'on dirait qu'elle transpire à cause de la chaleur.

Maître Kong soulève la bouilloire, tenant l'anse avec un chiffon. Il la pose sur un coussin à côté du service.

« L'eau doit refroidir un peu » dit-il. « Elle ne doit pas être bouillante. Si elle est trop chaude, les feuilles ne s'épanouiront pas. Elles ne livreront pas tous leurs parfums ».

Le jeune homme n'a jamais considéré que faire du thé soit une tâche qui demande beaucoup d'habileté. C'est bien plus compliqué qu'il ne l'a imaginé.

年轻人抑制不住自己的兴奋。"我找了您好几个月，"他说，"我去了很多村庄，跑遍了大街小巷。"尽管后来有人告诉他，他要找的地方可能近在咫尺，但找到茶馆也并非易事。终于，终于，他站在了孔师父，这位最有名的武术大师面前，直到此刻，他都希望孔师父是一个有血有肉活生生的人，而不只是传说。

而老人只是简单说了一句："你受累了。来喝杯茶吧。"

他们一起坐下。桌子没有特意进行装饰，但是从木头的色泽可以看出桌子已经有些年岁了。屋里装饰很简单，传统的中式风格。桌子上摆放着一排白色珐琅小茶杯、大一点的瓷杯，还有一个宜兴紫砂壶。桌子一角的木炭炉子上有一个正在烧水的铸铁水壶，水从壶盖处溢出，顺着壶壁上雕刻的龙形图案往下淌，看起来就像是水壶热得冒汗。

孔师父用抹布垫着壶把手，提起水壶，然后放在茶具旁边的隔热垫上。

"要等水稍微凉一下，"他说道，"不能用滚烫的水，如果水太热，茶叶就不能完全舒展开，也就不能把茶香都散发出来。"

年轻人从来没想到沏茶也是需要技巧的。这远比他想象的复杂。

« Maître Kong », dit le jeune homme, « Voilà, comment dire... je veux être votre disciple ! ».

Maître Kong l'ignore. Il met un couvercle sur la tasse en porcelaine et filtre l'eau à travers elle, la jetant sur le sol.

Le jeune homme pense qu'il a offensé le grand maître. « Que faites-vous ? » demande-t-il.

« Je lave le thé », répond Maître Kong.

« En grandissant, les feuilles de thé sont secouées par le vent et la pluie », ajoute-t-il. « Elles recueillent la poussière du monde qui les entoure. Elles doivent être lavées ».

Le jeune homme acquiesce, se maudissant silencieusement d'avoir révélé son ignorance.

Maître Kong verse davantage d'eau dans la tasse, remet le couvercle en place et laisse infuser. Au bout d'un moment, le vieil homme prend la grande tasse, l'incline légèrement et envoie le thé en cascade dans le petit récipient, à travers la passoire.

« Tout ce que tu dois faire, c'est boire du thé », dit Maître Kong, « Trois fois par jour, pendant toutes les années qui te restent à vivre ».

« Bien » dit le jeune homme, sans vraiment comprendre.

"孔师父"，年轻人说，"就是，怎么说呢，我想拜您为师，成为您的弟子！"

孔师父没有理会。他拿起一个茶盖盖在瓷杯上，让水从盖的缝隙中流出，淌在地上。

年轻人觉得他刚才冒犯了大师，"您在做什么？"他问道。

"我在洗茶"。孔师父回答。

"茶叶在生长过程中，经历了风吹雨打，"他补充道，"它们沾上了世上的尘土，所以必须先把茶叶洗一遍。"

年轻人一边表示赞同，一边低声嘀咕刚刚暴露了自己的无知。

孔师父又在茶杯里倒了水，把盖子重新盖上，浸泡茶叶。过了一会，老人拿起大的茶杯，稍稍倾斜，把茶水通过滤网倒入小茶杯。

"你所要做的，就是喝茶，"孔师父说，"在你未来的生命中，每天喝三次。"

"好的。"年轻人应声答道，但并未真正领会其意思。

Le jeune homme s'est penché en avant, les coudes en équilibre sur ses genoux, ses épaules affaissées. Rapidement, il se reprend et se redresse. Il a encore du mal à contenir son excitation. Il ressent toute la puissance et l'habileté contenues du maître. Il désire intensément suivre la voie du wushu avec lui. Mais tout revient sans cesse au thé. Le jeune homme essaie de faire le lien. Il tâche de calmer ses pensées et de se concentrer. « Maître Kong a sûrement choisi le thé comme métaphore pour ses enseignements, je dois tout faire pour le comprendre ». Pendant ce temps, Maître Kong a fini de préparer le thé. Il pousse une petite tasse vers le jeune homme. « S'il te plaît », dit doucement le vieil homme en faisant un geste vers la tasse.

La saveur est subtile mais impressionnante. « Comment est-ce ? » demande Maître Kong. Ne sachant exprimer clairement son ressenti, le jeune homme bafouille « Bon, très bon ».

C'est son premier pas sur la Voie du Thé.

年轻人俯身前倾，胳膊肘放在膝盖上以保持平衡，肩膀耷拉着。突然，他镇静下来，赶紧起身。他还是抑制不住自己的激动。他感受到了师父所蕴含的力量和技巧。他非常渴望跟着师父学习武术，但一切总是回到茶上。年轻人尝试着弄清楚两者之间的关系。他尽量沉静思绪，集中精力。"孔师父必定是选择茶作为教学中的隐喻，我必须尽我所能想明白。"与此同时，孔师父也沏好了茶。他将一小杯茶推向年轻人。"请。"老先生指了指杯子轻声说道。

　　茶香清新，但让人回味无穷。"味道怎么样？"孔师父问道。不知该如何确切地表达他的感受，年轻人结结巴巴地说："好喝，非常好喝。"

　　这是他迈向茶道的第一步。

Imprimé en Allemagne
août 2023